# eva

## Von Domitille de Préssensé

Reinbeker Kinderbücher
Carlsen Verlag

Kennt ihr Eva?

Eva hat

ein rotes Kleid

mit weißen Blumen an.

Und eine rote Mütze.

Sie hat weiße Strümpfe

und rote Schuhe an.

Eva wohnt

mit Vater

und Mutter

in einem

großen Haus,

ganz nah am Wald.

Ihr Bruder

Tobias und

ihre kleine Schwester

Susi

wohnen auch

da.

Eva hat einen Teddy,

dem ein Bein fehlt,

einen kleinen Stuhl

und einen lebendigen Igel.

Er heißt Arthur.

# Eines Tages

zieht Eva

ihren roten Mantel und

die grünen Handschuhe an.

Sie geht weg.

Eva

spaziert in den Wald.

Sie will für ihre Mutter

Blumen pflücken.

Sie geht

nach rechts,

nach links

und dann

wieder

nach

rechts.

# Eva hat sich verlaufen!

Der Wald

ist so GROSS

und Eva

SO klein.

„Wie finde ich bloß

nach Hause?"

„Soll ich auf den Baum klettern,

damit ich alles sehen kann?"

Aber der Ast ist zu hoch!

Da!

Ein Geräusch!

Mutter hat

gesagt,

daß es hier

keine Wölfe

mehr gibt.

Aber wenn man so klein ist

und sich im Wald

verlaufen hat,

bekommt man Angst

und fängt an zu weinen.

„Arthur!"

Da ist ja Arthur,

der Igel!

# Eva ist froh!

Nun ist sie

nicht mehr allein.

# Arthur kennt den Weg.

**Sie gehen**

**nach links,**

**nach rechts,**

**und schon**

**sind sie**

**zu Hause.**

„Vielen Dank, Arthur!

Du hast mir

sehr geholfen."

Nun sind

sie alle

wieder

beisammen:

Vater,

Mutter,

Tobias und Susi,

der kleine Stuhl,

der Teddy,

dem ein Bein fehlt,

und Arthur und Eva.

© Carlsen Verlag GmbH · Reinbek bei Hamburg 1978
Aus dem Französischen von Michael Busch
ÉMILIE
Copyright © 1975 by Editions G. P., Paris
Alle deutschen Rechte vorbehalten
05087806 · ISBN 3-551-53877-8 · Bestellnummer 53877